Para realizar pedidos de este libro, contacte con:
Palibrio LLC
1663 Liberty Drive
Suite 200
Bloomington, IN 47403
Gratis desde EE. UU. al 877.407.5847
Gratis desde México al 01.800.288.2243
Gratis desde España al 900.866.949
Desde otro país al +1.812.671.9757
Fax: 01.812.355.1576
ventas@palibrio.com
428104

UNA CANCIÓN DE UN SUEÑO

Jesus García

DEDICATORIA

Este libro está dedicado a los mejores amigos, que han estado conmigo en las buenas y en las malas. Dios me los ha dado y espero que los bendiga. Se lo dedico también a mi sobrino querido, Dan Alberto García Montiél, que ha sido mi inspiración en varias escenas del libro.

PALABRAS PRELIMINARES

Decidí escribir y publicar este libro para aquellas personas con quienes he buscado «una canción de un sueño», aquel amigo o amiga con quien compartí logros y fracasos en la vida. Cuando tienes un verdadero amigo o amiga y conoces a Jesucristo, vale la pena sacrificarse para no dejarlo que se pierda en las drogas, en el alcohol o en cualquier otro vicio, porque en verdad estás mostrando el amor de Dios en esa persona tan valiosa para ti. Y como Jesús dio la vida por ti en una cruel cruz, así les muestras ese amor a todas las personas, y no solo hablo de amigos y amigas, sino a quienes puedas conocer más adelante. Cuán importante es dar a conocer el amor de Dios a todos, «ninguna ayuda es menos, sino que es más», dice el refrán. Lo dijo también un apóstol: «en esto hemos conocido el amor, en que Él puso su vida por nosotros; también nosotros debemos poner nuestras vidas por los hermanos. Pero el que tiene bienes de este mundo y ve su hermano tener necesidad, y cierra contra él su corazón, ¿cómo mora el amor de Dios en él?

Hijitos míos, no amemos de palabra ni de lengua, sino de hecho y en verdad».
(1 JUAN 3: 16-18)

1

En la Navidad de 2004, Alberto y Abel llegaron a Las Vegas siendo muy jóvenes. Dejaron su pobre y humilde México natal en busca de trabajo y de cumplir sus sueños más allá de la imaginación. Ambos se ayudaban como si fueran hermanos de sangre, tal era el cariño que se tenían. Pero un año después, llegó otro amigo íntimo de Abel, Fidel, con quien no solo compartían la edad y los mismos gustos, sino también un hábito terrible: el alcohol.

2

La noche del 24 de diciembre de 2005, Fidel invitó a Abel y sus amigos a su apartamento. Alberto le habló de Dios a Abel y cómo lo ayudaría a olvidar el vicio. Acto seguido, le extendió Abel a Alberto un obsequio: una flauta de marfil con una frase grabada: «Para el mejor amigo que he tenido. De Abel para Alberto, 31 de diciembre de 2005». Alberto quedó atónito, nunca, ni su hermano, ni sus propios padres (ya fallecidos) le habían regalado algo semejante.

Esa noche, Abel se fue con su otro amigo, Fidel, quien lo estaba esperando afuera para ir a tomar a su departamento (la mayoría de los emigrantes rentaban cuartos para dormir). Fue una noche del 24 de diciembre de 2005 cuando salía a Abel a tomar alcohol pues Abel le adelanto la fecha   de lo que escribio en la flauta. Abel sabía que nunca le podría darle un regalo en año nuevo a Alberto, porque que tomaría con su amigo Fidel.

3

Abel llegó a la mañana siguiente bien borracho tiritando de frío. Se quedó dormido en la sala cerca de la chimenea de gas que Alberto había encendido preocupado mientras lo esperaba. «¿Y si le había sucedido algo en la calle?», pensaba Alberto. Pero no fue así, llegó sano y salvo aunque sin zapatos, solo con sus calcetines puestos sucios y rotos del largo camino. Lo cubrió con una cobija para que se calentara los pies. «Quizá cuando yo sea viejo, aunque no seas tú, sino tal vez uno de tus hijos, me haga un bien como yo hago contigo ahora».

4

res días después, Abel quiso ir a comer a McDonald'''s con Alberto y otros amigos. Llegaron muy contentos y pidieron su hamburguesa preferida. Al terminar de comer, Alberto comenzó a escribir en una hoja, pero de inmediato Abel se la arrebató diciendo:

—Yo escribiré algo en ese papel también —le quitó la pluma y comenzó a escribir.

—¡Esta bien! Los dos escribiremos algo —dijo Alberto, e inventaron lo siguiente:

(PRIMERA ESTROFA) Tanto que yo pensé de cómo serian las cosas de hoy para mañana todo puede suceder, de lo que llevo en el corazón no será igual yo sé que cambiará si conozco a Cristo. Solo quedará el pasado si tan solo se luchara, aunque sea pobre pero muy valiente pues sabré aprender de los errores, yo también puedo lograr lo que me proponga (CORO) y mis sueños se harán realidad porque vine a este país a triunfar con mi gente y no de quedarme atrás. Todos hemos venido aquí para luchar, para progresar en el camino hasta alcanzar la cima de la montaña (SEGUNDA ESTROFA). Aunque cruce una frontera arriesgando mi propia vida, sin ningún documento, y dejando mi país, los llevo en mi mente y en el alma, sin olvidar mi idioma, mi color y mi hermosa bandera tricolor. Traigo en la sangre la fuerza para vencer cualquier reto que se interponga, Dios sabe a qué he venido. (PUENTE)

Aunque el destino sea cruel, no me dejaré vencer como un cobarde, por más que sea difícil. Buscaré mil formas hasta cumplir mi sueño ó hasta una cancion de un sueño por las repedidas veces de intento.

Alberto leyó complacido, habían creado algo más que un poema.
—Haremos una canción —le propuso a Abel.
—¡Padre . . . ! . . . ! . . . ! ¿Por qué no . . . ? . . . ? . . . ? —contestó su amigo.
Y la compusieron al llegar al apartamento, acompañados por el sonido brillante de la flauta, pues era el único instrumento musical que tenían.

5

Días después.. . . . .

—Al fin llegó el último día del año —dijo Alberto al despertar una mañana fría con nieve. Ese día los dos descansaban del trabajo—. ¡Oye!, está nevando, asómate a la ventana.

Abel se maravilló, nunca había visto tanta nieve.

—¿Qué tal si hacemos un rico chocolate con pan c-a-l-i-e-n-t-i-t-o? —propuso Alberto.

—¡De acuerdo!

Alberto fue a la tienda, mientras Abel preparaba el chocolate caliente practicando la canción que habían compuesto.

—¿Ya hirvió? —preguntó Alberto que acababa de llegar con el pan.

—Sí, ¡a servirse se ha dicho!

Bebieron su chocolate caliente, felices, mientras practicaban la canción, así todo el día hasta la noche, cuando Abel decidió ir a visitar a su amigo Fidel.

—¿Quiéen . . . . ? —Fidel se despertó sobresaltado por los golpes a su puerta.

—¡Soy yo, abre! —contestó Abel del otro lado.

—¡Hooo . . . . ! ¡Abel! ¡Pasa! Vamos a pasarla súper bien, es el último día del año viejo, ya se acaba —exclamaba Fidel emocionado—. ¿Hace mucho frío, verdad?

—Pues claro, ni con esta chamarra gruesa dejo de temblar —contestó frotándose las manos.

Fidel vivía a unos pasos, tenía 17 años, al igual que Abel. Compartía la renta del departamento con sus dos primos, Miguel y Saul, y su tío Santos (como de 32 años). Pasaron horas platicando y tomando tanto alcohol que Abel ya no se acordaba de las palabras de Alberto... . . . . *vinimos a triunfar y no solo a quedarnos atrás*. En ese momento, Fidel entró en la cocina y sacó un poco de hierba mala para fumarla con una pipa. Abel no sabía que su amigo había cambiado tanto. Al ver cómo la fumaba, se extrañó profundamente.

—¡Oye, compadre, prueba esto! —le ofrecía Fidel.

—No me agrada fumar esas cosas.

—¡Solo una p-r-o-b-a-d-i-t-a! —insistía Fidel junto con sus compañeros.

— ¡No le voy a eso y será mejor que me vaya! —contestó tan enojado que olvidó su chamarra sobre la silla. Temblaba de miedo y de frío, pero prefirió salir del departamento tan deprisa como pudo.

6

Faltaban poco para la media noche, quizás Abel ya había llegado a su apartamento, pensó Fidel. Mientras Saul y Miguel dormían. Él y su tío Santos habían escondido bolsitas de hierbas malas en la chamarra de Abel.
—¿Hola? ¿Policía? Sí, reportamos a un muchacho que vino a vender drogas ilegales. Vive cerca de aquí —denunció Fidel desde un teléfono público—. Su nombre es Abel, mexicano... . . . . —y continuó dando sus datos.

7

¡Toc, toc, toc! Toca la puerta Santos y grita:

—¡Oh!, ¡amigooo!, se te olvidó tu chamarra, te la he traído.

Abel abrió la puerta desprevenidamente.

—¡Gracias!

—Oye, no tengas miedo, ni te enojes, eh, discúlpanos —mintió Santos con malicia—. Es que Fidel ahora es así, ha cambiado demasiado.

—Está bien, pero que sea la última vez que me hagan esto —le estrechó la mano y cerró la puerta.

Santos distinguió la policía a lo lejos y se escondió deprisa detrás de la columna para observar cómo Abel caía en la trampa.

¡Toc, toc, toc!

—Tocan la puerta de nuevo ¿quién será? —preguntó Alberto, mientras se levantaba para abrir, poniéndose la chamarra de Abel. Abel se levantó de la cama detrás de él. Ambos se quedaron sorprendidos al escuchar el vozarrón:

—¡Abra! Es la policía. Si no abren la puerta de inmediato, la derrumbaremos.

Apenas lo dejó pasar, el policía mostró su placa y esposó a Alberto. Luego irrumpió el otro oficial. Eran dos agentes, uno hispano y otro americano.

—Manos en la nuca, tiene derecho a guardar silencio . . . . —le escupían sus derechos mientras lo palpaban de armas. No tardaron en encontrar las bolsitas con hierba.

—¿Desde cuándo vendes droga? ¡Confiesa! —inculpó el otro policía.

—Pero, no, yo no sé, ¿cómo llegó eso ahí? —contestó Alberto valientemente. Mientras uno sujetaba a Alberto afuera; el otro policía revisaba el departamento.

—¿Qué sucede aquí . . . . ? —titubeó Abel al ver que estaban presionando a su amigo para que confesara la verdad.

Alberto sabía que Abel era incapaz de contrabandear drogas, conocía muy bien la clase de persona que era. Tal vez alguno de sus enemigos le había tendido una trampa. Sin dudar más se hechó toda la culpa:

—¡Sí!, yo vendo droga en las calles, él no tiene nada que ver en este asunto.

Aunque ya lo tenían a Abel en la mira, solo se llevaron a Alberto. Lo subieron a los golpes al patrullero. Sin embargo, no advirtieron que Alberto se había escondido en el pantalón la flauta que le había regalado a su amigo.

Los fuegos pirotécnicos danzaban en el cielo anunciado así la llegada del año nuevo. A lo lejos se escuchaban gritos de alegría. Abel se postró de rodillas en el suelo frío, cubierto de nieve, llorando tan amargamente que los vecinos salieron de sus departamentos para consolarlo. Mientras, Santos disfrutaba de la escena con una carcajada.

Exhausto de llorar, Abel entró a su casa, solo pasaban en su mente los grandes momentos que tuvieron con su amigo.

8

Tres días después, Abel comenzó a averiguar en qué reclusorio estaba Alberto, pero no hubo respuesta. Parecía haber desaparecido de la faz de la tierra, sin dejar rastro. La desesperación de Abel aumentaba con los meses, no halló nada en absoluto.

Abatido, luego de un año de buscar en vano, decidió regresar a México, para calmar el daño de su corazón adolorido que aplacaba con alcohol. Al tiempo, conoció a una mujer hermosa llamada Ana que vivía en el D.F., casualmente sus padres vivían en el pueblo natal de Abel. Así la conoció y logró consolar su corazón anestesiado por el licor, tan solo un poco, pues aún extrañaba a su amigo y no podía abandonar el vicio.

—¡Ya, por favor! —le rogaba Ana—, ya no bebas más, ¡yo te amo!, y no quiero que te destruyas.

Ana lo animaba, trataba de convencerlo de que no se juntara con amigos que lo hundieran más en la bebida. Contra viento y marea, ella decidió que quería pasar el resto de su vida con Abel. Así, luego de varias conversaciones entre los padres de ambos jóvenes, todos celebraron a lo grande el compromiso.

9

Dos meses después, Ana y Abel se casaron por civil y decidieron regresar a los Estados Unidos como ilegales.

—Ana, quisiera irme solo, pero conviene que nos vayamos juntos, tal vez allá hagamos nuestra vida —farfullaba Abel a su esposa.

—A ti no te importaría mucho mi respuesta ni mi opinión —suspiró resignada la muchacha—. Pero si es tu decisión, ¡vámonos! —agregó, tocándole los labios con uno de sus dedos como si quisiera silenciarlo—. No tenemos casa, ni trabajo, pero todo se acomodará, ya verás.

Así, pidieron prestado dinero para llegar cerca de la frontera, Abel sabía dónde contratar un guía para el cruce. Además, su hermano mayor Jorge, que residía en los Estados Unidos, los ayudó con el resto del dinero que les faltaba para ingresar al país.

Luego de una ardua travesía por el desierto, Abel y Ana llegaron a Las Vegas, donde Jorge los alojó y se encargó de proveerles techo, comida y abrigo mientras ellos buscaban trabajo. El destino parecía jugarle una broma: el mismo día en que él arribaba con su esposa Ana a la ciudad, ese mismo día habían llegado unos años antes él y Alberto. Al recordar ese momento, los recuerdos ensombrecieron su rostro.

—Un día como este de 2004, a las dos de la madrugada llegamos aquí con Alberto, justo el día de su cumpleaños —dijo Abel a su esposa con la voz entrecortada—. Justo un 24 de dicembre… . . . .

Ana no supo qué contestarle. Solo lo abrazó fuerte por la espalda.

10

Dos años después Abel y Ana ya habían encontrado un buen trabajo, donde les pagaban muy bien. Cuando agradecieron al hermano de Abel por la ayuda brindada, él decidió regresar a su pueblo natal.

—Gracias por su hospitalidad —decía Ana amablemente a su cuñado, extendiéndole unos billetes estadounidenses, que Jorge aceptó con toda confianza. Ana le apretó la mano con afecto, mientras se acariciaba su vientre: llevaba varios meses de embarazo.

—Para mí fue un placer poder ayudarlos. ¿Cuándo nos volveremos a ver? —preguntó, despidiéndose de su cuñada con un fuerte abrazo.

—¡Adios, querido! —fue toda su respuesta. Le dio un rápido beso en la mejilla y se dirigieron al taxi que llevaría a Jorge al aeropuerto rumbo a México; ella sollozaba, Jorge cargaba sus maletas. Abel lo esperaba junto al vehículo. Los hermanos se despidieron con un fuerte abrazo.

—Adios, hermano, cuídate. ¡Y cuida de mi sobrina que ya viene en camino! —agregó con una gran sonrisa desde el asiento del taxi.

11

Por fin nació la hija de Abel, a quien Ana decidió llamar Citlali (que significa «estrella»). Para la sorpresa de la pareja, el doctor les advirtió que por un milagro habían logrado tenerla. Nunca más podrían tener otro bebé, pues tanto la madre como el niño corrían peligro de vida.

Alberto se enteró de la noticia dentro de la cárcel. No tenía ningún amigo íntimo como Abel, había entablado algún lazo de compañerismo con unos pocos reclusos. Pero con el paso del tiempo la amistad entre él y el oficial Gerar fue creciendo. Aquel oficial que lo había sacado esposado de su casa más de siete años atrás hoy lo protegía de los reclusos violentos. Además gracias al oficial Gerar, Alberto conocía la información de afuera, sobre todo de la vida de Abel. Acarició la única foto que tenía en su celda donde se veía a un Alberto y Abel muy jóvenes abrazados riéndose juntos.

12

La pequeña Citlali nació con labio leporino, tal vez por los defectos del alcohol o de la droga que su padre había cosumido. Al principio, se pusieron muy tristes con la noticia, pero luego pensaron que por algún motivo Dios les había enviado una niña así.

—Ya lo descubriremos —consolaba Abel a su esposa en el hospital.

13

Pasó el tiempo, y, junto con él, varias cirugías restauradoras del labio a pesar de lo cual aún se notaba un poco la mal formación. La niña ya tenía siete años. También Alberto ya había cumplido la condena luego de demostar su inocencia.

En casa de Abel no todo era alegría, a pesar de que Ana adoraba a su hija, su marido casi nunca estaba, sino que pasaba largas horas bebiendo. Para él, la vida ya no tenía sentido.

14

Citlali salió a pasear con Ana en el bulevard de Las Vegas, le iba jalando la mano a su madre. A sus ocho años, no tenía amigos en la escuela porque ya se sentía una adolescente que pensaba como un adulto. Corría de un lugar a otro tan feliz.. . . . .

Era el mes de diciembre, las primeras heladas ya se sentían pero eso no impidió a Alberto salir de la cárcel vestido con un abrigo de gabardina corto color negro que le había regalado el   oficial Gerar. Calzaba botas negras nuevas y vestía ropa espléndida: un chaleco azul marino con pequeñas rayas blancas verticales, camisa de manga larga, una bufanda en el cuello de rayas verticales blancas, negras y grises con un gorro de estambre de color negro y con un pantalón de mezclilla de color azul marino.

Citlali temblaba de frío con un pequeño vestido rojo hasta las rodillas, calcetas blancas y zapatos casuales. Su suéter de estambre rosado con botones apenas la abrigaba. Cerca de un hermoso edificio de estilo italiano se encontraba el Venetian, un casino y hotel de la ciudad. La niña corría delante de su madre, pues así no sentía tanto frío, saltaba y daba vueltas feliz por todos lados. De pronto un hombre anciano la empujó al suelo. Sin misericordia alguna, se reía el hombre rico y bien vestido:

—¡Miren a esa niña! Está en Los Estados Unidos ¿y no la pueden operar de ese labio leporino? ¡Pobre deforme! —se marchó riendo, dándole la espalda a la niña.

De pronto, sin que ella lo advirtiera, un hombre joven la puso de pie, y el hombre anciano ¡zas!, cayó de boca. Hasta la gente comenzó a reírse junto con el hombre joven:

—¡Vaya!, me gustaría ver un rico como tú caerse junto con su dinero a la ruina. ¡Rico despreciable! —espetó el hombre joven mientras le tendía la mano a la niña y la abrazaba como si fuera hija suya—. ¿Te ecuentras bien?

—¡Sí, estoy bien! Gracias por defenderme.

El hombre anciano se levantó con el bastón y trató de golpear al hombre joven, pero este le esquivó el golpe deteniéndole el bastón en el aire con una mano, con la otra le dio un segundo golpe hasta derribarlo.

—¿Qué quieres?, ¿quieres golpearme porque ensucié tu traje? —lo desafió amenazándolo con pegarle con su propio bastón.

El hombre anciano huyó cojeando por la nieve, sosteniéndose las dos rodillas con ambas manos. Al ver la escena, los turistas aplaudieron al hombre joven por la amabilidad en defender a la pequeña niña. La mamá de Citlali andaba de un lugar a otro, buscando desesperada a su hija que había perdido de vista entre la muchedumbre. Al fin la encontró abrigada con una gabardina negra que le cubría todo su cuerpo. El hombre joven no habría notado a la madre si no fuera por los turistas que señalaron a una mujer que venía gritando ¡Citlali! ¡Citlali! ¡Citlali!

—¡Aquí estoy!, ¡aquí estoy, mami!

Ana se sorprendió de ver las rodillas de su hija lastimadas. Solo atinó a abrazarla muy fuertemente.

—No me vuelvas a dar otro susto como este, hija mía.

Citlali meneaba la cabeza hacia abajo sin mencionar ninguna sola palabra. El hombre anciano que la hizo tropezar era Santos, que ahora vivía en Las Vegas traficando drogas.

15

Como no tenía dónde vivir ni de qué trabajar para sobrevivir, Alberto pidió al oficial Gerar que lo recibiera en su casa mientras encontraba trabajo. A sus cuarenta años, el oficial Gerar tenía una hermosa familia: una bella esposa de la misma edad, llamada Karen, rubia y de piel blanca con ojos azules que trabajaba en un hotel como cajera, y su único hijo de ocho años llamado Arturo que se parecía a su padre en todo su aspecto, un niño muy divertido. Muy pronto se amistó con Alberto que lo cuidaba y le inventaba juegos. Con frecuencia le dejaban a cargo al niño por varias horas. Además dormían en el mismo cuarto. A diario Alberto le contaba historias de la Biblia al niño y le enseñaba a orar a escondidas de los padres que no creían mucho en Dios. También Arturo le contaba cuentos a Alberto, de los libros que traía de la biblioteca de su escuela.

A pesar de los recaudos, un día descubrieron a Alberto leyéndole la Biblia al niño. Pero no se enfadaron; sino todo lo contrario:

—Nosotros respetaremos tu fe, hijo.

Incluso comenzaron a admirar a su niño cada vez más educado y respetuoso con ellos. De tal forma que hasta sus padres se convencieron de creer en Dios e ir juntos a la iglesia en familia. Así, muchas cosas cambiaron en sus vidas y en su hogar.

—Eres mi mejor amigo —le decía Arturo a Alberto en dos idiomas, pues ya podía hablar inglés a la perfección.

16

Al llegar su padre, Citlali corrió a abrazarlo, a pesar de que sabía qué venía muy cansado del trabajo, sin ánimos de abrazos ni juegos.

—¡Mira, papi! Encontré a un joven muy bueno que me defendió de otro hombre anciano y gruñón que me tiró al suelo. Mira, me lastimé mis rodillas —le enseño dos magullones y continuó—: pero el hombre joven y muy bueno me levantó y me abrazó defendiéndome del hombre anciano y gruñón. Además me regaló esta gabardina negra ¡ah! —exclamó de pronto— y una flauta. Me encantó su musiquita, cuando tocaba, mira, mira.

Abel tomó el instrumento distraídamente hasta que el pasado se desplomó sobre sus hombros: «Para el mejor amigo que he tenido. De Abel para Alberto, 31 de diciembre de 2005». Además halló un llavero con una foto semi rota en una de las bolsas de la gabardina negra.

—¡Alberto! —exclamó sorprendido Abel, abrazando a su hija junto con la gabardina. Lloró en los hombros de su hija— ¡Aún vive!, ¡aún vive, mi amigo! —murmuraba entre sollozos.

Ana se acercó para ver la foto. Se quedó muda e inmóvil hasta que se desplomó en el suelo.

—¡Mami, mami! ¿Qué tienes? —se asustó Citlali al ver a su madre tirada en el suelo—¡levántate, por favor! —lloraba desesperada la niña encima de ella. Pero no había respuesta alguna.

Preocupado, Abel buscó los signos vitales en la garganta: ninguna señal de vida, ningún latido.

—¡Dios mío! ¡Dios mío!, ¿por qué a mí?, ¿por qué es así mi destino?

Varios días después, Abel envió los restos de su esposa a su pueblo natal. Era la última voluntad de Ana.

17

Pasaron semanas de llanto y dolor. Citlali extrañaba a su madre y aún preguntaba acerca del hombre joven y bueno que la había ayudado. Abel buscó a Alberto por todos los rincones de la ciudad pero sin éxito. Lo único que encontró fue más cansancio y decepción. Una tarde, sentandos en la fuente de agua donde Citlali había sido humillada por el anciano, la niña lo reconoció caminando por la zona.

—¡Ese es el hombre, papi! —señaló de repente— ¡Fue él quien me empujó al suelo, papi!

—Así que eres tú, *viejo amigo* —le dijo el anciano a Abel con tono de burla.

—¿Acaso lo conozco? —preguntó Abel enojado.

—¿No te acuerdas de mí? Apuesto que no me reconoces... . . . .

—¿Santos . . . . ? —lo identificó de pronto, sorprendido.

—Pues, ¿quién más? Ja. ¡Se me olvidaba!, ¿ya salió tu amigo de la cárcel? ¿O aún está pagando su condena? —lo provocó Santos sacando de su chaqueta una bolsa de plástico llena de un extraño polvo blanco. Lo movía suavemente como si fuera un malabarista.

Abel comprendió todo de repente: Santos le había tendido una trampa aquel día.

—¡Te romperé la cara! —lo amenazó Abel furioso.

Pero Santos le sujetó el puño al aire.

—Calma, calma, hombre.

Citlali observaba la escena sin decir una palabra, pero, de pronto, le dio un pisotón al anciano lo más fuerte que pudo, ¡zasss . . . . ! Adolorido, Santos le soltó la mano que lo tenía sujetado a Abel y dejó caer la extraña bolsa del polvo blanco al suelo. La niña reaccionó de prisa llevándose el extraño botín. Corrió tan deprisa que Santos no pudo alcanzarla.

—¡Corre, corre, corre! —gritaba Abel a su hija.

—¡Niña, regresa!, ¡devuélvame esa bolsa! —corría el anciano gritando.

Casualmente, el oficial Gerar patrullaba la zona ese día y advirtió que algo extraño sucedía pues una niña venía corriendo hacia él. Tocó su silbato para que los carros se detuvieran a su paso, varias llantas rechinaron en la carretera para evitar los choques.

Alberto también se encontraba allí, solía acompañar al oficial Gerar mientras patrullaba. Él también vestía de uniforme.

—Entrégale la bolsa al oficial, pequeña —le aconsejó Alberto al reconocer a su amiguita.

La niña aceptó obediente. Santos venía corriendo observando todo de lejos, cojeaba de un pie. Pero el oficial Gerar le gritó diciendo:

—¡Alto ahí! ¡Deténgase o disparo!

Santos se detuvo aterrorizado. Un escalofrío envolvió todo su cuerpo al sentir la punta del arma. —¡Manos arriba!, ahora sí estás detenido   —vociferó el oficial esposándolo—, después de tanto tiempo que te hemos buscado, una niña te hizo caer en la trampa.

Lo metió en su vehículo y dejó a la niña a cargo de Alberto junto con su hijo Arturo que también paseaba ese día en la patrulla. Del miedo, Abel se detuvo detrás de la fuente de agua. No reconoció a su mejor amigo, pues creyó que se trataba de otro oficial de policía. Paralizado, lo dejó que le llevara a Citlali. Después la buscaría, cuando se calmaran un poco las cosas.

Despreocupada, Citlali estaba muy contenta de volver a ver a su amigo, que ahora la felicitaba por su valentía.

—Te presentó a mi amiga —dijó Alberto a Arturo—. Se llama . . . ., ¡oh! Acabo de notar que no sé tu nombre —agregó golpeándose la cabeza con tres dedos, muy pensativo.

—Me llamo Citlali —dijo la pequeña, extendiéndole la mano a Arturo.

—Y yo, Arturo.

Ambos se saludaron sonriendo. Alberto decidió compensar ese día disfrutando la tarde en un paseo.

Arrepentido de su cobardía, Abel comprendió que tenía que buscar a su hija. La había perdido completamente de vista por la multitud de turistas ¿dónde buscarla?

Mientras tanto, Citlali, Alberto y Arturo subieron a un elevador, luego cruzaron el puente que conectaba el hotel Venetian con el Treasure Island donde había unos barcos de madera gigantes sobre un lago artificial.

—¡Aquí traje la flauta que me regalaste ese día! —exclamó Citlali, sacando de su chamarra la flauta—. Mi papi me dijo que te la devuelva, porque no quiere que la tenga algo que a ti te costó muy caro.

—Pero si es para ti —replicó sonriente Alberto—. Guárdala, es nuestro secreto.

—¡Muchas gracias! ¡A propósito!, ¿cómo se llama usted? Porque no sé su nombre —preguntó Citlali, apuntándole con su flauta.

—Su nombre es Alberto (que significa "el que brilla por su nobleza") —contesta Arturo a Citlali.

—¿Por qué me lo preguntas? —dijo Alberto— ¿Acaso tu padre te pidió que me lo preguntes?

—Nada de eso, siempre acostumbro a preguntar el nombre a un verdadero amigo.

—¿Y cómo se llama tu papá? —intervino Arturo— El mío se llama Gerar y mi mamá Karen.

—Mi papi se llama Abel y mi mami se llamaba Ana pero ya falleció —contestó Citlali agachando la cabeza, invadida por la tristeza.

—¡Oh, lo sentimos mucho! —contestaron Alberto y Arturo al unísono, abrazaron a Citlali para animarla.

—Bueno, ya basta de tantas preguntas, vamos a aprender esta canción —dijo Alberto a los dos niños—. Te regalaré la hoja de mi canción favorita, Citlali, aunque ya está muy rota. Vamos a cantarla para que se la aprendan y la gente de este lugar los pueda oír.

—¡Claro que sí! —gritaron ambos niños de alegría.

Al fin comenzaron a cantar la canción, mientras Alberto tocaba la flauta. Había mejorado la melodía a través de los años, durante su reclusión: «tanto que yo pensé cómo sería las cosas . . . . », repetían y repetían la misma canción con tanta pasión que se empezó a acumular gente a su alrededor aplaudiéndolos, incluso les dieron propina a los dos niños.

—¿Para qué aprendemos esta canción? —preguntó de repente Citlali.

—Esta canción es para un día muy especial —comentó Arturo a la niña.

—¡Podría cantarla para el día de mi cumpleaños —exlamó Citlali saltando de alegría.

—¿Y qué día sería? —quiso saber Alberto.

—El 31 de diciembre —respondió ella orgullosa de su día especial.

Al escuchar esa fecha, vinieron a la mente de Alberto recuerdos tristes, sucesos desagradables que le ocurrieron a él y a su mejor amigo. De repente recordó un detalle:

—¿No encontraste mi foto en la gabardiana negra que regalé ese día? —preguntó a Citlali, muy pensativo.

—Sí, se la di a mi papi. ¿Sabe?, el joven de la foto que mi papi tiene en mi casa se parece mucho a usted. ¿Lo conoces a mi papi? —agregó curiosa mirándolo fijamente—. También mi papi te ha estado buscando por años.. . . . . —dijo de repente de la niña.

Al escuchar las palabras de Citlali, se postró al suelo de rodillas y comenzó a llorar.

—¿Qué tienes? —le preguntaba Arturo a Alberto, abrazándolo para animarlo.

—Nada, no es nada —murmuró tratando de contener el llanto—. Recordé a un viejo amigo, a quien no sé cuándo volveré a ver, tal vez ya nunca lo vea.

—¡Tal vez, sí! —exclamó Citlali, acariciándole el rostro tiernamente— Tú eres muy bueno, verán que lo encontrarás.

Alberto al sentir la fe que tenía Citlali, le acarició su pequeño rostro, cerca del labio deforme.

—Gracias, dulce pequeña, las palabras más hermosas no salen de unos labios hermosos sino de un corazón noble que es más bello que cualquier sonrisa.

Todo eso lo tienes aquí, en tu corazón —se incorporó con el ánimo repuesto—. Ha dejado de nevar, es hora de regresar a casa. Pero antes ¿qué les parece si comemos unas hamburguesas de aquí cerca?

—¡Sí! —saltaron los niños.

18

Al fin los tres llegaron al lugar. Arturo y Citlali esperarían en el patio del restaurante mientras que Alberto compraba (segun el acuerdo entre ellos). Pero de pronto llegó un vagabundo a pedirles dinero para poder comprar su comida, trayendo un perrito escuálido jalado con un lazo.

—¡Por favor, señor!, ¡deme algo de dinero!, tan solo unos centavos para comprarme alguna hamburguesa —rogaba el vagabundo a Alberto.

El hombre hambriento cubierto de harapos lo conmovió. Le dio unos dólares diciéndole:

—Hoy tendrás una buena comida y una buena cena.

—¡Señor, gracias!, ¡muchas gracias! De verdad se lo agradezco, y que Dios lo bendiga —respondió con la voz temblorosa por la emoción y agregó señalando al animalito—: se lo regalo, yo no podré cuidarlo.

Alberto le aceptó el obsequio pero para regalárselo a Citlali.

—Es para ti, tal vez no te pueda dar nada en tu cumpleaños o en año nuevo.

—¡Oh, gracias! —brincaba Citlali de alegría.

—¡Es un gran regalo! —intervino Arturo muy sorprendido.

Al fin Alberto pudieron entrar a comer. Se divirtieron mucho pues Alberto y Arturo contaron historias de la Biblia a Citlali que escuchaba extasiada, pues las guardaba en su corazón para meditarlas. Nunca nadie le había contado esas historias tan reales.

—Me gustaría que todos los niños del mundo puedan leer esas historias, yo misma me encargaré de contárselas —auguró sonriente.

De pronto llegó Abel al lugar, buscando desesperadamente a su hija. La distinguió entre la multitud, arriba, en el segundo piso del restaurante. Estaba sentada con un niño extraño mientras jugaba con un perrito. Subió tan deprisa que llegó como un rayo.

—¡Citlali, hija!, te he estado buscando por todos lados. ¿Dónde te habías escondido? ¡Vámonos ya mismo de aquí! —gritaba Abel, jalándole la mano a su hija.

—No se preocupe, señor. Ella estuvo con el oficial Arturo.

Abel se detuvo sorpresivamente.

—¿Y esto que es? —preguntó señalando al escuálido animal.

—Te lo diría en casa; pero es mejor que te lo diga ahora —contestó la niña—. ¡Es un obsequio de un amigo! —explicó muy sonriente a su padre.

Conforme con la respuesta de su hija, la tomó de la mano dispuesto a partir.

—Adios, Arturo —saludó Citlali a su amigo.

—¡Adios, Citlali!

Y así ambos, padre e hija, salieron del restaurante con el perrito.

Alberto no había presenciado la escena, estaba en el mostrador pidiendo otra vuelta de gaseosas. —¿Y Citlali?

—La vino a buscar un señor, tal vez, su papá —contestó Arturo.

Alberto recibió la respuesta con un poco de tristeza. Minutos después de haber terminado de comer, le dice Alberto a Arturo:

—Ven, te llevaré a casa, no creo que tu papá regrese por nosotros.

Entonces, salieron camino al autobús que los llevaría a su casa.

19

—Al fin llegamos —bufó Abel.

—Papi, ¿por qué siento que no me quieres?, ¿será por mi labio deforme?, o ¿es otra cosa? —arrojó Citlali de golpe—. A mi amigo no le asusto ni me miraba raro. Solo me abraza, me canta y platica conmigo —agregaba Citlali a su padre enmudecido—. Además siento que él me quiere más que tú, es mi mejor amigo, me regaló su canción y su perrito, lo llamaré *Growing (creciendo)*

—¿Quién es él, hija? —dijo por fin Abel—, ¿por qué no lo puedo ver?, ¿no será nada más que un sueño? ¿Alguien que está en tu imaginación?

—¡Claro que no! Es tan real que le puedo tocar su cara. Y me hace tan feliz, que hasta parece que tiene más tiempo para mí, para jugar conmigo. Y ahora me estoy aprendiendo su canción — Citlali le enseñó la hoja rota, con varios dobleces.

Al abrir la hoja, Abel reconoció de inmediato su letra y la de Alberto. Las palabras le brotaron de su corazón: «tanto que yo pensé de como serían las cosas . . . . ». Y siguió cantando acompañado por su hija que sabía solo algunas estrofas. Abel comenzó a llorar al recordar los grandes momentos vividos con su amigo que irrumpieron en su mente en ese momento.

—Papi, ¿por qué lloras?, te sentirías mucho mejor si me enseñaras a cantar la canción y dejas la tristeza a un lado, ¡pues, tú aprendiste muy rápido! —decía Citlali a su padre abrazándolo.

Y así prosiguió enseñándole Abel a su hija la canción hasta que se quedó dormida.

20

Horas después, Abel comenzó a tomar alcohol ese día, impactado por la conversación con su hija. Citlali se había quedado dormida y la cargó en sus brazos para llevarla hasta su cama. Pero a la madrugada la niña se despertó porque tenía hambre, se puso un suéter muy delgado pues creyó que la cubriría bien del frío a pesar de que nevaba con un viento fuerte. Citlali salió del departamento en busca de comida, mientras su padre dormía la borrachera. Se dirigió al restaurante de hamburguesas, donde habían estado con Arturo y Alberto. Y al llegar, comenzó a pedir limosna como aquel vagabundo:

—Por favor, regálame tan siquiera unas monedas . . . ., ¡unas monedas! —clamaba temblando de frío.

En ese instante, casualmente, pasaba cerca Arturo, que solía pasear muy temprano los días que no había clases en su escuela. Alberto le había enseñado qué autobús tomar para llegar al bulevar de la ciudad. Ahora no podía acompañarlo pues estaba muy enfermo de su sistema respiratorio. Arturo reconoció a Citlali enseguida allí parada, pidiendo limosnas.

—¡Citlali!, ¿qué estás haciendo aquí?, ¡hace mucho frío!

—Hola, Arturo, regálame algo de dinero, ¡tengo hambre! —musitaba Citlali tristemente. Tiritaba tanto que el niño se sacó una de sus sudaderas para cubrirla.

—¿Y tu papá dónde está? —preguntó mirando de un lugar a otro.

—Oh, mi papi anoche se tomó varias botellas y se quedó dormido.

A modo de respuesta, Arturo le tomó la mano y ambos entraron al restaurante para pedirle algo de comer a su mejor amiguita.

—Te compraré algo de desayunar, luego te acompañaré a tu departamento.

Ya estaba amaneciendo cuando partieron rumbo a la casa de Citlali. Tardaron casi media hora caminando, pero llegaron sanos y salvos.

—¡Vaya!, ¿con que aquí vives? —decía Arturo, curioso como siempre.

—Sí, es pequeño pero me gusta.

—Entonces vendré a visitarte cada vez que pueda.

—¡Serás mi invitado de honor! —exclamó contenta.

—No te preocupes, que yo te cuidaré si tu papá no te cuida —hablaba como si fuera una persona mayor—. Pero ahora ya me tengo que ir, ¡adios! —se despidió alzando su mano.

—¡Adios, Arturo!, y gracias por la sudadera que me regalaste y por el desayuno —contestó Citlali, también alzando su mano en señal de un adios.

Arturo marchó hasta la parada del autobús. Eran casi las ocho de la mañana.

21

Pasó una semana y el dinero de la cartera del oficial Gerar se perdía hasta que descubrió el motivo.

—Arturo, hijo, dime ¿tú tomas el dinero de mi cartera? —inquirió a su hijo, ambos sentados en las sillas de la mesa de la cocina.

Preso del miedo Arturo titubeó:

—¡No, claro que no! ¿Para qué usaría una cantidad tan enorme?

Alberto, que estaba muy enfermo, no fue a trabajar ese día. La esposa del oficial Gerar no se encontraba en ese momento, solo ella le tenía mucha confianza a Alberto a diferencia de su marido. El niño se escurrió hasta la habitación de su amigo enfermo.

Pero el oficial Gerar entró como una tromba a reclamarle, gritando desesperado.

—¡Tú fuiste quien me robó mi dinero, sal de mi casa ahora mismo! ¡Vete a la calle a mendigar! Aquí ya no eres bienvenido. Vete a buscar otro lugar para vivir, donde acepten ladrones como tú.

Al escuchar las palabras hirientes del oficial Gerar, en realidad Alberto no se sorprendió. En cambio sí se sorprendió por las acciones del niño, algún buen motivo debía tener para hacer algo semejante a menos de que lo estuvieran culpando injustamente. Alberto sabía bien lo que significaba ser víctima de la injusticia.

Aunque estaba gravemente enfermo, no pudo soportar aquella infamia, y se fue.

—Papá, ¡si se va él, yo también lo haré! —gritó Arturo a su padre, tan fuerte que se escuchó a lo lejos del vecindario. Salió dando un portazo corriendo detrás de Alberto.

—¡Arturooo . . . .!, ¡Arturooo . . . .!, ¡regresaaa . . . .!, ¡regresa o te castigaré duramente! —se escuchaba a la distancia.

Pero Arturo no le hizo caso a su padre, y continuó su camino detrás de Alberto

22

Alberto pronto descubrió todo: la bondad de Arturo hacia Citlali que la alimentaba a diario porque el padre seguía bebiendo, olvidándose completamente de su hija. Fue una tarde del 31 de diciembre cuando lo echaron a Alberto de la casa sin tener ninguna culpa alguna, sin permitirle que sacara su ropa. Siguió caminando buscando dónde refugiarse del frío que hacía pues solo tenía puesto un abrigo delgado color café, una camisa de manga larga azul agua, con su pantalón de mezclilla azul marino y botas negras. En medio de la oscuridad de la neblina, de pronto miró a lo lejos y reconoció a Citlali caminando sola en la calle temblando de frío.

—¿Qué haces aquí afuera con tanto frío? —la abrazó para abrigarla.

—Es que ya no quiero ver a mi papi, tomando esas botellas. Además me cerró la puerta del departamento, no puedo entrar —sollozaba Citlali.

—No te preocupes más, ya veremos cómo regresaremos a tu departamento —la consolaba Alberto.

—Además, tengo hambre —se tocaba la pancita.

Acto seguido, ambos fueron a la tienda a comprar un poco de pan y agua con el poco dinero que Alberto tenía. Luego se acomodaron cerca del patio de un departamento sobre unos pedazos de cartón que habían encontrado en los contenedores de basura para protegerse de la humedad del suelo. Al menos tenían un toldo, y las paredes los guarecían del viento.

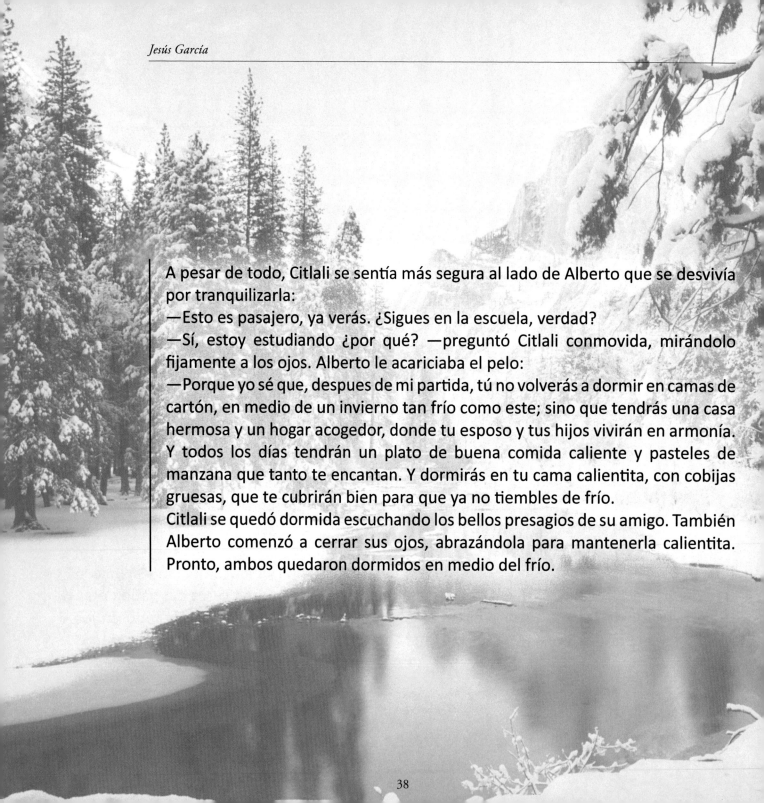

A pesar de todo, Citlali se sentía más segura al lado de Alberto que se desvivía por tranquilizarla:

—Esto es pasajero, ya verás. ¿Sigues en la escuela, verdad?

—Sí, estoy estudiando ¿por qué? —preguntó Citlali conmovida, mirándolo fijamente a los ojos. Alberto le acariciaba el pelo:

—Porque yo sé que, despues de mi partida, tú no volverás a dormir en camas de cartón, en medio de un invierno tan frío como este; sino que tendrás una casa hermosa y un hogar acogedor, donde tu esposo y tus hijos vivirán en armonía. Y todos los días tendrán un plato de buena comida caliente y pasteles de manzana que tanto te encantan. Y dormirás en tu cama calientita, con cobijas gruesas, que te cubrirán bien para que ya no tiembles de frío.

Citlali se quedó dormida escuchando los bellos presagios de su amigo. También Alberto comenzó a cerrar sus ojos, abrazándola para mantenerla calientita. Pronto, ambos quedaron dormidos en medio del frío.

23

Ala media noche, comenzaron a lanzar los juegos pirotécnicos en lo alto del cielo desde el bulevar de la ciudad. El ruido despertó a Citlali de un sobresalto. Desde el patio se veía mucha gente que había salido a la calle a disfrutar del espectáculo.

—Alberto, ¡mira!, ¡mira!, ¡llegó el año nuevo! ¡Alberto despierta!, ¡mira las luces en el cielo! —lo zamarreaba Citlali preocupada porque Alberto no se movía. Pero Alberto no reaccionó. Al ver Citlali que todo era en vano, comenzó a llorar:

—¡Alberto, despierta!, ¡no me dejes aquí!, ¡tú me prometiste que me cantarías en mi cumpleaños! ¡No te vayas!, ¡no te vayas! —gritaba la niña desesperada. Entonces los fuertes llantos de Citlali preocuparon a los inquilinos cuyas viviendas circundaban el patio.

—¿Qué sucede?

—¿Por qué llora una niña en un momento de alegría?

Y al llegar al lugar, llevando sus lámparas consigo, al fin la pudieron encontrar a la niña. Comenzaron a consolarla unas buenas personas. Mientras llamaban al 911 para reportar el fallecimiento de un hombre que allí se encontraba acostado.

Al llegar el reporte a la policía, la noticia estalló como pólvora por toda la ciudad que hasta el oficial Gerar se enteró por medio de las noticias que estaban anunciando en la televisión en vivo, pues muchos reporteros estaban allí para cubrir la fiesta de año nuevo.

Citlali describió con lujo de detalle a los reporteros ansiosos por la primicia: «la impresionante historia de la vida de Alberto, su mejor amigo, la canción de un sueño». Arturo también se enteró de inmediato y pudo llegar hasta donde se encontraba Citlali; apenas se vieron, se abrazaron con fuerza.

—Ya se nos fue, Citlali —susurraba Arturo con lágrimas en sus ojos.

Un momento después llegó el oficial Gerar al lugar junto con su esposa que hacía horas   buscaban a Arturo y Alberto.

Pero Arturo ignoró a su padre cuando este quiso abrazarlo para consolarlo.

—¡Vete, papá!, ¡vete de aquí! Ya no eres bienvenido —lo empujó, arrojándole las mismas palabras que él había escuchado cuando su padre lo echó.

Arrepentido, lo único que quería el oficial Gerar era recuperar otra vez la confianza de su hijo; pero parecía en vano.

—Perdóname, hijo mío, perdóname —repetía acongojado—. Yo no quería hacerle esto a Alberto.

—Ya es muy tarde: acabas de matar a mi mejor amigo, me quitaste lo que más quería. ¿Ahora   quieres quitarme más? —espetó llorando.

—¡Cuánto me arrepiento de haberte hecho esto! Te prometo que de aquí en adelante ya no me involucraré más en tu vida —de pronto, sacó su arma, y la colocó en las manos de su hijo apuntándose a sí mismo—. ¡Acaba de una buena vez con mi vida! Gracias a ti pude dejar el alcohol cuando supe que venías a este mundo, luego de tantos esfuerzos y de búsqueda, de doctores que nos dieran una esperanza de ser padres. Ahora este bebé que ahora estoy mirando ha crecido bastante. Tú fuiste el milagro más grande que nos sucedió a tu madre y a mí, poder tener un hijo tan bueno. No quiero volver a perder esa enorme oportunidad de disfrutar el ser tu padre. Eres mi razón de vivir y la alegría de mi vida. Preferiría que de una buena vez jales el gatillo para que yo no vuelva a revivir ese sufrimiento.

Al presenciar la escena, Karen se acercó llorando a su esposo y los niños; le arrebató el arma, los abrazó y le habló a Arturo:

—Perdónalo, hijo mío, tú sabes que siempre te he respaldado, pero debes perdonarlo.

Al escuchar las palabras de su madre, Arturo bajó la guardia.

—Mamá, yo también tengo que decirte la verdad: he robado el dinero de mi papá para darle de comer a Citlali. Alberto no tuvo nada que ver con todo esto.

Al escuchar todos la verdad, se quedarón satisfechos, sin decir ni una sola palabra. En sus corazones ya sabían qué había sucedido.

24

Horas después, Abel salió de su departamento completamente borracho. Se le apareció un extraño personaje con ropas blancas y resplandecientes que a lo lejos brillaban en forma de una silueta de luz.

—Pobre hombre, ¿hasta cuándo vas a seguir con tu vicio?

Sorprendido por este extraño personaje, Abel dejó caer la botella llena que quedó hecha añicos en el suelo en medio de un mar de alcohol.

—¿Hasta cuándo vas a dejar de hacer daño? ¿A quién crees que encargaste a mi hija Citlali? Yo mismo te lo presté para que lo disciplinaras. ¿Hasta cuando?, ¿hasta cuándo?, ¿hasta cuándo? —repetía una y otra vez mientras desaparecía. Solo se escuchaba a lo lejos los ecos de su voz.

Abel quedó tan estupefacto que se le bajó el alcohol del cerebro.

—¡Albertooo . . . . !, ¡Albertooo . . . . !, ¡regresa!, ¡regresaaa . . . . ! —pero no hubo señal del extraño personaje. Entonces Abel se arrojó arrodillándose al suelo frío, cubierto de nieve, diciendo en voz baja—: perdóname, Dios mío, perdóname por el daño que he hecho, me arrepiento de todo el mal que he causado. Te invito a que vengas a mi corazón, para que me ayudes a salir de este vicio; toma las riendas de mi vida. En tu nombre te lo pido, amén.

Lloraba como un cobarde Abel. Pero se levantó del suelo más animado después de rogarle a Dios que lo perdonara. Y como si alguien le hubiera dicho dónde estaba su hija, Citlali, así de fácil la encontró, abrazándose con Arturo.

—¡Papi!, ¡papi! —exclamó al verlo llegar al lugar del suceso—. ¡Mi amigo Alberto ya se fue!, se lo llevaron en ambulancia —agregó Citlali, que aún lloraba.

Viendo a su hija llorar de tristeza, se agachó para abrazarla y consolarla sin pronuciar ni una sola palabra. Solo le daba de besos en las mejillas.

—Descansa en paz mi querido amigo Alberto —lamentaba Abel con una voz ronca y suave; tomando un puñado de nieve del suelo en señal de despedida—. Gracias por tu amistad, mi mejor amigo.

De pronto llegó el oficial Gerar y Karen de nuevo al lugar del suceso, luego de haber dejado el cuerpo en la morgue el hospital. Arturo no había querido ir con ellos sino que se quedó con Citlali, junto con los demás policías.

—Buenos días, oficial —saludó Abel.

—He notado que usted era amigo del hombre fallecido —habló el oficial Gerar con una voz de autoridad.

—Así es, él fue uno de mis mejores amigos.

—Pues, me place darle este papel que encotramos en el abrigo —el oficial Gerar le extendió una nota.

Al abrir el papel, Abel leyó: «Al amigo de los amigos, mi mejor amigo, Abel. Quise darte esta carta para decirte que desde aquel día que fui inculpado por un crimen que no cometí, me entregué por ti para que siguieras realizando tus sueños, tus anhelos y tus aspiraciones. Si trataste de buscarme en todos los reclusorios de la ciudad, y nunca me hallaste, es porque yo mismo me oculté de ti. Y le pedí un gran favor al oficial Gerar de que no te dijera dónde podías encotrarme. Era para que continuaras con tu vida y llegaras a tu meta convirtiéndote en un buen esposo y un buen padre para tu hija. Nunca olvides lo que está escrito en la canción que te dejé: """"hasta cumplir mi sueño o hasta una canción de un sueño, por las repetidas veces de intento"""". Atentamente, tu mejor amigo: Alberto. Y un feliz cumpleaños para mi amiga Citlali.»

Abel dobló con cuidado el papel y lo apretó contra su pecho sosteniéndolo con ambas manos. Se arrodilló en la nieve mirando hacía el cielo estrellado y dijo con una voz suave:

—Siempre te recordaré, mi mejor amigo, Alberto.

Horas después todos regresaron a sus hogares a descansar.

25

Pasaron tres días del fallecimiento de Alberto antes que le realizaran la autopsia. Pero el cuerpo desapareció misteriosamente. El personal del hospital lo buscó en vano, hasta abrieron una investigación revisando todas las cámaras de seguridad. Fue un gran misterio para toda la ciudad, nadie pudo develarlo. Hasta el oficial Gerar quiso reclamar al hospital una explicación pero ya no pudo hacer absolutamente nada aún con toda su gente de la policía.

Solo Citlali supo la verdad de la desaparición del cuerpo de Alberto cuando ella entró sola en unos cuartos del hospital una madrugada, mientras los adultos discutían con los médicos y enfermeros en el pasillo.

Una voz la llamó diciéndole: «¡Citlali, ven!, ¡Citlali ven!» ¿De qué cuarto provenía? Al fin llegó al cuarto exacto de donde provenía la voz. Y haciendo un lado las cortinas, encontró en la camilla una flauta nueva envuelta en papel que decía: «ya no busquen los vivos de entre los muertos; porque yo ya no estoy aquí en este mundo, porque, Yo soy la música de la amistad, porque son pocas las personas con fe que me han podido ver. Firmado: la canción de un sueño».

Citlali reconoció la letra de Alberto, y se quedó satisfecha con la respuesta. Tomó la carta y la flauta.

Los niños de su escuela le creyeron cuando les contó la historia. Solo los adultos aún tenían sus dudas.

26

Al paso de los años, Abel tomó su buen camino, y la vida le dio otra oportunidad de ver crecer a su única hija que se convirtió en una joven muy hermosa. Ya no había rastros del labio leporino   luego de las últimas cirugías reconstructivas. Años despues se casó con Arturo, y vivieron todos juntos en la casa del oficial Gerar y su esposa Karen, también Abel se mudó con ellos como una verdadera familia.

—Si yo he de triunfar, también quiero que tú lo disfrutes al lado mío, y si fracaso, al menos mi mayor logro es estar al lado de mi querido padre que me amará siempre —decía Citlali a su padre ante su reticencia inicial a vivir con ellos.

Pero Abel había cambiado, el recuerdo de dos viejos amigos que fueron él y Alberto ganó espacio en su corazón, y así, cada año nuevo recordaba aquellos momentos inolvidables que vivió junto a su mejor amigo, a quien conmemoraba cantando su canción favorita: la canción de un sueño.

FIN

Printed in the United States
By Bookmasters